文芸社セレクション

ゆらゆらゆれて　きらきらひかる

細谷 美知湖

HOSOYA Michiko

文芸社

目次

若い芽の夢人達へ

若い芽の夢人達よ
今　根が付かぬとすねるなかれ
今　茎が伸びないと嘆くなかれ
葉が出ない　花が咲かないなどと
それには歳月が必要だ
つらい
苦しい
悲しい
耐えられない
そんなときはもう枯れてもいいいと

思いたくもなるだろう
だからと心を閉じてはならない
だからと暗い方に心を引き止めては
ならない
急がずともよい
焦らずともよい
若い芽であるが故　通る道だと知り
夢を叶える為の今であると思えばよい
ゆらゆらゆれて
きらきらひかる

森の集会

キョッキョッキョキョキョキョと早くもホトトギスが夏の集会の呼びかけをしていました。

町のはずれにある大きな鎮守の森で、毎年七月三十一日に行われるのです。

「ほく達は潔い鳥だから六月には完全に鳴かなくなる。この呼びかけの声が聞こえなくなったら、タマムシさんは、トホシてんとう虫さんを三匹揃えるんだ」

この役割は毎年タマムシと決まっていました。宝石のような輝きを持った羽と十字形に飛ぶ姿が虫達の憧れで、尊敬票を集めたからでした。

今年はタマムシの中から、デンとダンとドンと言うオスが選ばれました。デンはひたすらてんとう虫の星を数える係。ダンはその間、皆の食料を調達する係。ドンは万が一のアクシデントや外敵から守る係です。

トホシてんとう虫は毎回、口を揃えて自分達の存在をアピールしました。

「でもね、こう言っちゃあなんですけど、一番大変なのはわたし達てんとう虫ですよ。タマムシさんの気を散らさないよう、じっとしていなければならないし、十個数え終われば、葉の上から落とされるし、それでも大役を頂いたと思えばナナホシさんより自慢ですけどね」と。

木々の鳥達も、草むらや花々の虫達も、道を這う虫達も、すれ違うたびに集会を知らせ合いました。

ホトトギスの声が消え、今度はジュウイチ鳥があとを継いで「サンジュウイチ、サンジュウイチ」と鳴いて回りました。

この緑深い鎮守の森には、りっぱな精霊を帯びた木が二本あり、一本は縄が巻かれ、紙垂れが下がっています。その木の周りは清々しく凛として、誰もが感じ取れる格別な空気が流れていました。

その少し離れた場所に、もう一本の木があり、穏やかな味わい深い形を見せています。その木にふくろう爺が住んでいました。

数え係のデンは最後の三十個を数え終わるとその夜、早速ふくろう爺の許へ知らせに飛んで行きました。

その知らせを受けたふくろう爺は夜の静寂に響き渡るよう大きく、「ゴロスケホーッホー、ゴロスケホーッホーッ」と二度鳴き、いよいよ明日の合図を出しました。

木の葉はざわめきながら鳥や虫達に知らせ、草や花は揺れながら、その間に入り込んでいる虫達に知らせ、池の水は波立ち、そこに住まう者達に知らせました。

そして次の日、宵の明星が西の空に輝きの姿を見せた頃、ふくろう爺は「ゴロスケ」とは鳴かず、ただ「ホーッ、ホーッ、ホーッ」と長く三回鳴きました。

さあいよいよ夏の集会の始まりです。

木の周りに集まれる者は集まり、集まれない者達はその場に佇み、耳を澄ませました。

森じゅうの風も音も一切止み、森ごと大きな方の御手ですくい上げられたかのように、荘厳な静けさに包まれていました。

ふくろう爺は「ウオッッホン」と咳払いをして、

「冬は寒さに眠る者達が多い故、春は産まれたばかりの者達が多い故、秋は死に逝く者達が多い故、この夏の集会がある。ひと通りの季節を生きた者達は、互いの習性を認め合い、共存できる有難さを改めて学ぶ時と考えるからでもある。この学びは次の者達へ伝えて行かねばならない」

ふくろう爺は少し間を置いて、再び「ウォッホン」と咳払いをして、

「さて、夏の夜は短かい。本題に入ろう。

我々は自然に生かされ、調和してナンボの生き物である。決して乱してはならない。

今から名を挙げるが、これは行き過ぎた行為と自尊心のなさ過ぎる者達だ。だからと言って罰を与えるものではない。自らの判断と反省を求めるのみだ。

さて、一部のカラス達、町に出掛けて行ってはゴミ袋を破り散らし、

得意気になっておるようだが、結局はこの森に逃げ帰る始末じゃないのかね、どうだね。道路でゴミ袋を前にして「カアカア」やかましく騒いで疎まれるより、本来の姿に戻ることだね。

夕焼けの空を鳴いて帰る姿は人間に夢を与えていたのを覚えているかね。君達は智恵のある鳥だ、夢と品のある行為を忘れないように。

そして一部のカブト虫、クワガタ達、高額な値を付けられて王様のような気分になっておるようだが、所詮、窮屈なカゴの中で死を迎えるだけだろう。贅沢な暮らしに憧れて、自ら捕まっていくような真似だけはしてなるまいよ。

自然のこの森の豊かさが、どれだけ有難いか、よっく考えてみることじゃね。

さて一部のジガバチ達、俺達は天才だと、蜂の仲間を集めては威張り散らしているようだが、天才でも何でもない。自分達の餌を運んで、あちこちの場所に石でふたをし、隠しても見つけられるのは、お前達の習性だ。この習性という戴きものが無ければ、たちまち飢えて死ぬであろう。

誇示して認めさせようとて、この自然界においては誰もがあたり前であり、無関心であることを悟らねばなるまい。天才ぶるより、その習性を下さった方に、或いは隠した餌を横取りしない者達へ感謝の気持ちを持ってはどうかな。

それから一部のコガネ虫達、自分の美しい黄金の羽を町の外燈に照らすのも良いが、遠くまで飛ぶ力量がないことを知らねばなるまいよ。やたら『ブンブン、コツンコツン』とぶつかっては疲れ果て、朝、路上でころがっておる姿は痛ましい。

森を離れれば短かい命だ。どう生きようと任せてあるが、同じ一生ならもっと大切に、我が身を知ることがあっても良いのではないだろうかね。

セミ達のように自分の命を知り、朝早くから一生懸命、鳴き急ぎをしておる。

そうかと思えば池の亀達のように、時間を持て余し、速く動くのが無駄なように。

また渡り行く鳥達は不確かな明日への不安を抱きつつも、己の飛ぶ道を信じなければならないように。

我々は無常に生きている、そして無我という世界で生きている。

改めて言うならば、この自然界のように移り行き、明日をも知れぬということ。

無我とは、この弱さ故、互いに支え合っているということを忘れてはなるまいぞ」

ふくろう爺はまたここで少し間を置くと再び「ウオッホン」と咳払いをして、

「確かに我々は人間さまに比べるとナンボの生き物かも知れないが、存在する以上、必要性があって生きている。いや、生かされていることを有り難く誇りに思い、自然界と調和しながら、命の限りを尽くそうではないか」

ちょうどその時、明けの明星が東の空に姿を見せました。

「さて夜が明けたようだ」

ふくろう爺がそう言い終えると、木々の葉が一斉に揺れ始めました。

それを合図に集まってきた者達は散り始め、立ち止まっていた者達は習性に従い始め、今年の夏の集会は終わりました。

森はもう、何事もなかったかのように八月を迎えていました。

朝日が昇り始めて分かったのですが、鳥や虫達は皆泣いていたのでしょうか。

確かに涙のあとが草や花や木の葉の上に、キラキラと美しく輝いておりました。

守宮《やもり》

ここは都会の一等地。閑静な住宅街です。先祖は何故この地を選んだのか、そして棲みついてしまったのか、わたしは守宮ですから宿命論や運命論など述べるつもりはありません。

ただホッとするのは数多《あまた》ある高級な建物ではなく、どこか懐しい暖か味のある、庶民的な三階建てのマンションを選んでくれたことでした。

その三階の通路には洗濯機が置いてあり、下への振動を防ぐ為、四枚のブロックを二段に積み重ねてありました。

そのブロックの穴こそ外敵から守れる格好の産卵場所であったに違いありません。

わたしは透明な袋の中でじっとその時を待っていました。

六月の梅雨どき、濡れることはありませんが、来る日も来る日も雨の音を聞き、暑くもなく寒くもなく、そうした温度がわたしを「オス」として成育させていました。微妙な温度差で「メス」にもなるのです。産まれたわたしは、いや、これからはボクと言わせて頂きます。

母さんは放任主義です。夜になると明かりの壁でときどき出逢うこともあり、その時「ペチョ」とボクを呼びます。

頭がまあるく、ペチョッとひしゃげているからです。周りに友達がいたら皆、同じように呼ばれている可能性はあります。

赤ちゃんのうちは肌色がかった半透明で、醜いながらも愛嬌のあるペチョだからです。でもどこのペチョであっても親子は互いに分かり合えるのです。

ボクが産まれた場所は確かに良い環境でした。壁は少し灰色がかっていて這い回っても目立たず、外燈はひと際大きくて明るく、それに惹かれて虫達が沢山寄って来ます。その下には寄せ植えの花や多肉腫の鉢が置いてあるので、それに寄って来る虫達もいます。食糧に困ることなく、隠れては出ての、自由気ままな生活を送っています。

この部屋の住人はまだボクや母さんの存在を知らずにいるようです。洗濯の時はいつも鼻歌まじりで上機嫌です。機械の音は静かですが、その時穴から出るなんて野暮なことはしません。母さんからきつく咎められていることですから。

機械が止まり、中の物を取り出し、フタを閉め、鉄の扉が「バタン」と閉まる音がしてやっと安心するくらいです。

日中、穴の中はヒンヤリとして快適に過ごしています。

そうして平穏に三か月くらいが過ぎ、ボクも少し大きく育ち、肌の色も灰色になりかけていました。

まだボクの存在は住人には知られていません。

ある日、暑い日々を忘れさせるように、交代の季節が朝夕だけ、ひんやりと感じられる頃です。風呂場らしき窓が開いていたので興味から、窓の中に入り込んでしまいました。

暖かくて気持ちの良い思いをしたので、開いている時は時々入り込んでひと休みをしていました。ある時はつい長居をしてフンを落としたこともあります。

そして今日の日もついついと中へ入り込むと、突然「ガチャ」と戸が開いたものですから慌てて窓の方へチョロチョロと這い上がろうとした姿を見つかり、「あっ」と言う声を聞きました。

しまったと思いながら一目散で窓の外へ出ると「カベチョロだ」と言っているようでした。

それ以来、風呂場の窓は閉まったままです。洗濯の時の鼻歌も聞くこともなく、むしろそれからというものは注意深く壁を見たり、ブロックの周りを見たりで、住人は油断のない日々のようでした。

ボクも大きくなっているせいもあり、フンの量も多く、ここに居るぞと、あからさまに居場所を教える結果になっていました。

「嗅っせーな、やっぱりこの辺に居たのか」と一人言のように暫く立ちすくんでいるようでした。ボクもヒヤヒヤで息を秘そめてじっとしていました。

すると突然紙を丸めた物で壁という壁を「パシパシ」と叩き回り始めたのです。

この時はちょうど電燈のへりに居たのですが、驚いて思わず飛び出し、壁にへばり付くと、ジワッと寄ってきた住人の目と、じっと動かずその様子を探る上目づかいのボクの目が合った瞬間、いきなり二本の棒が体を挟みかけてきました。一度はすり抜けたのですが二度目は「ガシッ」と掴まれて、その痛さは殺気を感じるものでしたが、ふっと、体が緩み、空中を飛んでいました。

焦って手足を二〜三度バタつかせたものですから二度ほど回転しながら、垣根の葉の上に落ちたようです。

暫くはドキドキして動けずにいましたが、どうやら命は助かったようです。

しかし木の上にいる訳にもいかないので本能に任かせて、見馴れない家の壁を探して這い上がって行きました。

あっと言う間の出来事で、何が何だか混乱しているのに加え、空中をくるくる回ったものだから、事の成り行きを振り返ってみなければ、いやいや振り返ってみた所で分かる筈ないしと思うと何だか心細くなってきました。

母さんも異変に気づいてくれたようで、夜も深まった頃、「ペチョ、ペチョ」と呼ぶ声が、そんなに遠くと感じない所で聞こえてきました。ボクはありったけの声で、「母さん、母さん」と答えると泣いてしまいました。

前にも言ったように普段は母さんと一緒にいる訳ではありません。でも傍に居るのか、居ないかはすぐに分かってくれていたのです。

その母さんがボクを見つけ、ジャリ道を先に進んで歩き、階段の壁を伝って元の場所に戻してくれました。時間は少しかかりましたが本当に安心しました。

この部屋の住民は「ゴメン」と言ってボクを放り投げたけど、まだ安心していないようでした。

ドアを開閉する度に周りを見ながら「まさかね」とつぶやいています。そのまさかねが、あの日から六日たっておきたのです。

ボクは疲れていたので暫くは活動するより体を休めていましたが、お腹も空いてきました。

夜は滅多に外出しない住人は今日に限って出掛けて行きました。油断してしまいました。安心していつもの夜のように明かりの壁に張り付いていると、すぐに戻って来たのです。ボクは突嗟にあの日のことが甦り、動けずにいました。

見つかってしまいました。

部屋の住人は驚いたように立ち止まって「まさか信じられない」とつ

ぶやき、部屋に入るとまた、あの紙を丸めた物で壁を叩きながらボクを追い立てました。

「お前には悪いけど頼むから何処かへ行ってくれ」と、言っていました。

ボクは泣きながらチョロチョロと逃げて行きました。

せっかく母さんが選んでくれた場所なのに。先祖も住んでいたであろう場所なのに。

こんなに嫌われてしまったなら、去るしかないと、一大決心をしました。

ボク達が泣くのは生命に負担をかける程のストレスにもなるのです。もちろん嬉しい時や恋をする時も泣くけど、今のボクはそれと違って、心の痛みだからです。今後の冬眠の為にも身体の為にもボクは去ります。

でもボクはカベチョロじゃない。ボクは守宮だ、家守なんだ。

ボクの生態をわかっていてくれたら、少しは仲良くなれたのに。

カメ吉

春うららかな日、公園の池で数十匹もの亀達が甲羅干しをしていました。

するとと上の方から「おーいカメ吉、エサ持って来たぞー、喰うかー」と、聞こえて来ます。

亀達は一斉に、

「誰がカメ吉だあ、お前か」

「いんや俺じゃない」

「俺でもないよ」

「いったい誰のこと呼んでるんだあ」

「わからないねえ」と、それぞれの顔を見て不思議がっておりました。

「あっいたいた。おいカメ吉、ほうれっ」

と、何やら投げて来ます。

亀達は自分達のことではないと思っていますから、知らぬふりをしておりました。

「まったくのんびりだなあ、鯉の奴に喰われてしまったじゃないか、また持って来てやるからなー」

亀達は何もなかったかの様子でのんびり甲羅干しを続けていましたが、一匹が思い出したように、

「そう言やあ、この池にはアヒルもカモもアメンボもカメもいるしなあー。あっそうか、俺達のことじゃないか、カメ吉って」

「そうだな俺達のことだな、カメ吉って」

「今度呼ばれたら皆で泳いでやるか」

「そうだね、泳いでやろうよ」

亀達は動いたり、動かなかったりの変わらない毎日に、たいくつもせずのんびり甲羅干しをしておりました。

するとまた上の方から「おーいカメ吉、エサ持って来たぞー」と、聞こえて来ます。

亀達は示し合わせたように皆でのろのろと水の中へ入って行きました。

「おっいるいる、いっぱいいるなあ」と言って白い物を投げて来ます。

「それっそれっ」と言って投げて来るのですが、その傍から「バシャッ」と、大きな鯉が食べてしまいます。

「まったくほんとにのろまだなあ、また鯉の奴に喰われっちまったよ」

亀達は何が何だかさっぱり分からず、元の場所に戻ってしまいました。

「さっきのは何を投げてたんだろうね」

「わからないよ」

「俺もわからないけどエサって言ってたよ」

「何だって別にいいいんじゃない」

「そうだね」

「そうだよ、お陽さまはポカポカ照ってるし、気持ちいいのは変わらないよ」

「それが一番だよ」と、口々に交わし、いつものように甲羅干しに専念しておりました。


そして春の日も終わりに近づき、もう次の季節が入り込んでいました。どんよりと曇った空からは大粒の雨が降ったり、止んだりして、その雨のせいで池の水嵩が増え、甲羅干しをする場所がなくなってしまったので、ダンゴになって一番上にいる亀が外の空気を吸っていました。

突然ピカッと光り、「バリバリバリ」と、公園の木に落ちたようでした。

「おいみんな、カミナリが落ちたみたいだよ」

「カミナリと言やあ、スッポンって奴は一度噛みついたら、カミナリが鳴るまで放さないって本当かな」

「そんなこと知ってたかあ」

「いんやー。けどスッポンって俺達の親分のことだろ」

「じゃあ、恐い顔してるんだ」

「そうだね、この池の主と言われているくらいだからね」

「誰か見たことあるかあ」

「いんやないね」

「夜モーモー鳴いてる奴かね」

「それはカエルの親分だよ」

「そいつがこの池の主だと誰かが言ってたよ」

「お前達、見たことあるかあ」

「いんやないねぇ」


雨続きも終わり、お陽さまは近くに寄ってジリジリ池を照らし始めました。

暑さのせいで池の水も乾きぎみで、甲羅はすぐに熱くなり、「ポチャン、ポチャン」と、代わる代わる水の中に入ってはのんびりとしておりました。

するとまた上の方から、「おーいカメ吉、エサ持って来たぞー」と聞こえて来ました。

亀達は誰と言うより皆がカメ吉になって、その呼ぶ声に応えようと一斉に、のろのろと水の中へ入って行きました。

するとまたあの白い物が飛んで来るのです。

「ほうれ、ほうれ食べろや」

投げても忽ち「バシャッ」と鯉が大きな口を開けてパクパクと食べてしまいます。

亀達の口には誰とて何も入りません。

暫くはプカプカ泳いでいるのですが、諦めて元の場所に戻るのでした。

「いつも思うんだが、あれは一体何だろうね」

「だからエサだって言ってたろ」
「フーン、でも何だろうね」
「別にいいじゃない、何だって」
「そうだね」

亀達がいつも甲羅干しをしている場所は昌蒲が植えてあり、その根がゴツゴツと盛り上がっていて、良い具合になっているのでした。そしてその傍には網や板が敷いてあり、亀達が休める場所も作ってあったのです。

池にはというより公園にはドングリやクヌギ、カシ、シイの木が池の上まで覆い被さって、秋には実が沢山、池に落ちます。

池の周りには花壇もありますが雑草も繁っていて、小判草やつゆ草、ネジ花などの野の花も咲きます。

秋は特にケヤ木、いちょう、モミジなど、落葉樹が色づき、池の水面に映る姿や、風で散って池の上に浮かぶさまは、周りの風景と少しも違うことなく綺麗です。それに池の上を過《よぎ》るカラス、雀、ハト、渡り鳥達もいます。

何も無くとも自然が色んな物を運んでくれるので、池の中はいつも豊かで回り回っての果ては亀達も食べる物に困ることはなく、毎日のんびりと幸せにいました。

ある日、また上の方から声が聞こえて来ました。

「おーいカメ吉、エサ持って来たぞー、喰うかー」

亀達は皆でのろのろと水の中へ入って行きました。

「それっそれっどうだあ」

また鯉に先をこされながらも一匹の亀に、見事にまぐれでエサが口に入りました。

その亀はモグモグしていましたが、急に手足をバタバタさせて、我れ先にとその白い物を食べようと追っかけ始めたのです。

しかしそうはうまくいきません。バシャッと鯉にやられてしまいました。

他の亀達はいつものように、何が何だかさっぱり分からず、元の場所に戻ってしまいました。

エサを食べた亀は放心したように暫く浮いていましたが、あきらめたように仲間の所へ戻って行きました。

「おいお前、あの白い物喰ったんか」

「うん」

「どうだったんだ」

「うん、うまかった。本当にうまかった」

「どんなふうにさあ」

「今までに味わったことない、不思議なうまさだったよ」

その亀はエサを一口食べて以来、忘れられなくなってしまい、池の食事など見向きもせず、毎日エサの夢ばかり見て過ごすようになりました。

夜空を見上げては「あー、もう一度あのエサが食べたいねぇ、もう一度食べれたら思い残すことはないねぇ」と、口をパクパクさせるのです。

仲間達はそれを見て、「あいつは変になっちゃったねぇ」

「俺達は騙されたんだ、今度呼ばれても池に入っちゃぁあいけないよ」

「そうだよ、あいつみたいになりたくないよ」

「俺達はこのままで幸せなんだ」

「そうだよ」

そう言いながらも仲間達は心配で、返す言葉が見つからず、皆黙ってしまいました。

すると一匹の亀が見兼ねたように、「俺達は何万年も生きると言われているんだ。その所以は俺達の生き方にあると思う。何事にも捕らわれることなく、一喜一憂することもなくゆるやかに、のんびりとした姿こそ本来の俺達だよ、こんなことで命を縮めるなんて悲しいことだよ、この池で一日中ポカポカと暮らせて、皆しあわせだと言っていたじゃないか」

そう言われて亀達は皆、首を引っ込めてしまいました。

エサを食べた亀は暫くすると、首を長く伸ばし、夜空を静かに見上げていましたが、

「皆、心配かけてゴメンネ。もう大丈夫だよ」

すると亀達はうれしそうに一斉に首を出を出すと、

「本当かあ」

「よかった、よかった」

「俺達はカメ吉じゃないよね」と一匹が言い出すと、皆はホワンと口を開けて笑っていました。

その一部始終を御覧になっていた本当の池の主は、亀達の微笑ましい姿に安堵し笑みを浮かべておられました。

四天王蛙とヤマカガシ

この沼から北の方を眺めれば城跡が見えます。

昔は何もないこの原野が、悠久の時を経て沼地となったようです。

アシやガマ、ヨシ等の草が茂り、ホテイアオイ、ミズアオイの水草が可愛い花を咲かせていました。

一見すると、どこにでもある沼のように見えますが、いやいやこの沼を沼たらしめんとする、特別の者達が住んでいるのです。

それは個性豊かな、自称四天王と名のる勇敢な蛙達でした。

と、その前に紹介しなければならないのは、開拓地にいる先住者のことです。

いつの日、何処でこの場所を知って住み始めたのかは不明ですが、百戦錬磨と言う長老の蛙がいました。
その長老は銀の杖をついておりました。
これまでは多分、平和で穏やかな日々を過ごしていたに違いありません。
しかし一匹、また一匹と流れ集まって来たのが先程申しました個性豊かな蛙達です。

一匹は夜郎自大《やろうじだい》と言って、先祖は城の池に住んでいて松明の燃《も》え滓《かす》や、待がこぼした酒を飲むのは当たり前で、肝っ玉の太さで有名だったとか。挙げ句は、おたまじゃくしの頃、ハス池の葉の上で育った俺さまは仏さまの一番弟子だなどと、身の程知らずの出任せで威張っていました。
二匹目は泰然自若《たいぜんじじゃく》と言い、この沼が増水しようと、日照になろうとも、地面が揺れようとも、ゆったりとした態度で、物事に動じない影のリーダー的存在。癖の強い輩たちが面と向かって認めた訳ではありませんが、暗黙の内に信頼を得ているようです。

三匹目は不撓不屈《ふとうふくつ》。負けず嫌いで、スイレンとスイレンの葉の距離を序々に広げて一回で飛び移るという、自分のジャンプ力《りょく》を鍛えていましたた。出来なければ何度でも、これでよしとすることのない根性の持ち主でした。因みに跳躍力は幅も高さも、あの自大さえ称賛するほどのものでした。

四匹目は春風駘蕩《しゅんぷうたいとう》と言い、その名の通り、春風のように温和で、疑うことを最初から持ってなく、やさしくいつもにこにこしています。自大も自若も不屈も、この駘蕩の前では何を言っても、何をやっても、特に悪事に関しては意味を成さなかったのでした。

そんな個性豊かな蛙達が住んでいる沼があるという噂を、平原の風は何の邪魔もないから、遠く隅々まで吹き渡らせました。

だからと言ってその噂を聞いたとしても、おおかたの者は「フーン」

と聞き流す程度で、遠くまで見物に行く気など更々ないようです。何故なら臆病で、自分の地を安住としていたからです。

しかしそれ等とはまったく別の考えを持っていた者がいました。

そいつはその噂を聞いて、真っ先に沼にやって来たのでした。

それはヤマカガシという蛇です。蛙が大好物で、たちが悪いことに、平凡な蛙など見向きもしないで、こういう個性の強い蛙ばかりを狙って名を馳せ、怖れを持たせる。そうすることでもっと狡猾さをひけらかし、自分の知名度と睨み付けで竦《すく》ませ、身動きの取れない状態にさせ、楽に仕留めることが狙いなのです。

ヤマカガシはすぐ行動に移さず、暫く沼の様子を窺いながら、赤い舌をペロペロさせ、嬉しさを隠すのがやっとの思いで、自大を狙いに行きました。本当は「ガブッ」といきたい所を他の蛙達の警戒心を考え、グッと我慢して、

「自大さん、あなたのような方が何故こんな辺鄙な所にいるのです？

あなたの先祖は城の池にいて、ご自分も誇り高いと思っているのでしょう？　ここはあなたに似つかわしくありませんね。わたしはもっと大きく綺麗な池を知っていますよ。そこはハスの花がゆらゆら咲きこぼれ、まさにあなた様の為にあるような場所です。ご案内しますから一度そこを見に行きませんか？　見に行くだけでいいんです。途中で食べたりしませんから。約束します」

こんな言葉を並べながら、毎日毎日ねちねち執拗に誘いに来ました。相手は何と言っても天敵です。心地良さを感じても迂闊には乗れません。

そしてある日からパタリと姿を見せなくなりました。これが作戦なのでした。

自大は危険だと分かっていても、ヤマカガシのことが気になり始め、ソワソワしながら草むらへ飛び出してしまったのです。

シメタとばかり、待ち構えていたヤマカガシの大きな口に掴まってしまいました。

その時、突然銀の棒が飛んで来てヤマカガシの頭にぶつかりました。驚いたヤマカガシは思わず口を弛めてしまいました。

機々一撥で命拾いをしたのです。

こんなことがあったのに、自大は仲間に話しませんでした。自分の恥を知られたくないからです。

ヤマカガシは長い舌をペロペロさせて、大いに悔やしがりました。

その悔やしさが消えぬ間に自若を狙いに行きましたが、こいつは一すじ縄では行かないと分かっていましたので、もう少し冷静な時に作戦を立ててからにしようと、あきらめました。

そして次の狙いは不屈へと向けられました。遠くで熱心に観察しながら、例のように近づいて行きました。

「不屈さん、あなた様は誰にも負けないジャンプ力《りょく》を持っているそうですね。

わたしは飛べませんが、地面を這う速さは負けませんよ」

不屈は「チッ」と思いましたが、尚もしつこくねちねちと、

「私と競争しませんか？

長さを決めて先に着いた方が勝ちでどうでしょう？

あなた様の日頃の努力をここで試しては如何です？

それとも負けると分かっているから嫌なんですか？」

こうまで言われて不屈は天敵ということもすっかり忘れ、やってやろうじゃないかと、草むらへ出てしまいました。

その途端に、パクリとやられてしまいました。

そしてこの時も銀の棒が飛んで来て、ヤマカガシの頭を一撃しました。

その瞬間、ポトリと口から外れました。

ヤマカガシの毒牙は奥にある為、命は助かりましたが、それこそ日頃のジャンプ力で一目散で沼へ逃げ帰りました。

不屈もこのことを恥だと思い、誰にも言いませんでした。

ヤマカガシは二度も既《すんで》の所でチャンスを失い、怒り心頭で腹の虫が納まらないらしく、草など、ほんとうは食べやしないのに食べていましたが、後でゲエゲエと吐き出していました。

自大と不屈は自分達の恥を内緒にしていましたが、自若は知っていました。

長老の錬磨に一部始終知らされていたからです。自大と不屈が黙っているだろうということが分かっていたので、これ以上の被害を食い止める為の長老の計らいでした。

そして今度は駘蕩が狙われるだろうとも。あいつが狙われたら、あの性格だけに助ける術はないだろうということでした。

その為にも今の内に作戦を立てよ、と言い渡したのでした。

長老は百戦錬磨という名の通り、多くの体験をしてきただけあり、戦い方や生き方に隙はありませんでしたが、ここは敢えて、自若に役を譲ったのでした。

そして引導を渡すが如く銀の杖を自若に手渡し、

「これは棒でも杖でもない、銀の笛だ。この笛は心を澄まし、穏やかな気持ちで吹かないと音は出ないのだ。この気難しい笛を自由自在に操れるのは駘蕩だ。と、だけ言おう。

あとはお前がどうやってあの狡猾な天敵と戦い、勝ち抜くかだ。我々にとって最大の天敵であるという事実には抗えないが、このままむざむざと仲間を失う訳にはいかないだろう。

お前の強い決意と智恵であの者達の本心を引き出し、奮い起《た》たせることが出来れば、この勝敗は決まるだろう」

自若に迷う心はなく、力強く銀の笛を握りしめました。

相変わらず自大は何食わぬ顔でスイレンの葉の上に腰掛け、踏ん反り返り、鼻歌まで歌っていました。

不屈も後ろめたさはあるものの、スイレン飛びは欠かさず行っているようです。

自若はその姿を尻目に、まず駘蕩に笛を渡しました。

「一寸吹いてみてくれ」

音はスースーとしか出ませんでした。

「お前の本心ではないな。何も考えず、もう一度吹いてみてくれ」

かすかに音が出ました。

「まだダメだ、お前はこんなんじゃない筈だ、名前の通りにいるのが自分だと装うのではなく、もっともっと心の底から上辺の優しさの塊を打ち砕いて、本物を引っ張り出せ。

自分への繕いは終わりだ。気負いのない本来の姿で吹いてみてくれ」

すると何とも心地良い音が勝手のうちに流れ始めました。

遠くにいた自大も不屈もスイレンの上で眠ってしまいました。

「そうだ！　それで良い」

自若は眠った自大と不屈を揺り起こし、ヤマカガシ退治の作戦を事細

料金受取人払郵便

新宿局承認

3970

差出有効期間
2022年7月
31日まで
(切手不要)

郵便はがき

1 6 0-8 7 9 1

1 4 1

東京都新宿区新宿1－10－1

(株)文芸社

愛読者カード係 行

ふりがな お名前			明治 大正 昭和 平成	年生 歳
ふりがな ご住所	□□□-□□□□			性別 男・女
お電話 番 号	(書籍ご注文の際に必要です)	ご職業		
E-mail				
ご購読雑誌(複数可)		ご購読新聞		新聞

最近読んでおもしろかった本や今後、とりあげてほしいテーマをお教えください。

ご自分の研究成果や経験、お考え等を出版してみたいというお気持ちはありますか。

ある　ない　内容・テーマ(　　　　)

現在完成した作品をお持ちですか。

ある　ない　ジャンル・原稿量(　　　　)

書　名				
お買上 書　店	都道 府県	市区 郡	書店名	書店
			ご購入日	年　月　日

本書をどこでお知りになりましたか?
1.書店店頭　2.知人にすすめられて　3.インターネット(サイト名　　　　　　　)
4.DMハガキ　5.広告、記事を見て(新聞、雑誌名　　　　　　　)

上の質問に関連して、ご購入の決め手となったのは?
1.タイトル　2.著者　3.内容　4.カバーデザイン　5.帯
その他ご自由にお書きください。
(　　　　　　　　)

本書についてのご意見、ご感想をお聞かせください。
①内容について

②カバー、タイトル、帯について

弊社Webサイトからもご意見、ご感想をお寄せいただけます。

ご協力ありがとうございました。
※お寄せいただいたご意見、ご感想は新聞広告等で匿名にて使わせていただくことがあります。
※お客様の個人情報は、小社からの連絡のみに使用します。社外に提供することは一切ありません。

かに説明しました。

何しろ睨まれるだけで身動きの出来ない相手です。それに一度は喰われかけた相手です。そう思うだけで恐怖で身震いが止まらないほどです。最初はぐずっていましたが、あいつがいる限りこの沼に平和はないだろうし、いずれ死に物狂いの戦いが来るなら、やるのは今をおいて他には無いと、考えが一致しました。

恐い目に遭うのは二度としたくない、平和に暮らしたいと願う気持ちが皆に勇気を与え、本気で戦う決心をしました。

自若の作戦はこうです。

まずヤマカガシが動けないよう、駘蕩は心安らかに眠れる音を出すこと。

その時、お前達も眠らないよう、ハスの実を砕いて耳栓をすること。

不屈は菱の実、自大はガマの穂を用意すること。ヤマカガシが眠りに入った時、自大は頭の方へ、ガマの穂を持って回り込む。

不屈は笛の音が、楽しくて愉快で仕方がない音に変わるから、奴が笑い出したら、追い打ちをかけるように腹板を菱の実のゴツゴツでくすぐってやれ。奴はもう術中にはまっているから、恐れることはない。大口を開けて笑い出したらすかさず一気に、自大はガマの穂を口の中へ奥深く差し込め、そして不屈の背に乗れ。

不屈は自大が乗ったら自慢のジャンプで高く、より高く飛べ。飛び始めた瞬間から自大はガマの穂を振り回し始めろ。ジャンプの頂点に行くまでは、これでもかと思うくらい勢いよく回し続けること。

お前達の息が合わさり、下に下がる瞬間を狙って渾身を込めて放り投げろ。

作戦は成功しました。

本心

本気

勇気

蛙達を奮い立たせた言葉です。

それぞれ、さまざまな思いはあるでしょうが、今は感慨無量で、静かに月を眺めていました。

追伸

いつかどこかでガマの穂をくわえた蛇に出合ったら、それはあの時のヤマカガシかも知れません。勇気のある方は是非ガマの穂を抜いてあげて下さい。

へらおおばこ

わたしの名前は「へらおおばこ」です。

ヨーロッパ原産の多年草で、道端や荒れ地に帰化し、六～八月頃花を咲かせます。


生まれたばかりのあの日、ドキドキ、ワクワクしながら頭を出すと、眩しいほどの光を浴びて一瞬戸惑いましたが、馴れて来ると陽はうららかで、風さえ甘く感じていました。

ここが何処か分かりませんが、同じように土から頭を出したばかりの方や、少し伸びた方達が周りに沢山いらっしゃるようでした。

そのことも喜びでしたが、それより真上の空があまりにも果てしなく青く、何て素敵な所に生まれて来たのでしょうと、夢がふくらむようでした。

できることなら一日も早く伸びて、あの青空に届きたいと、毎日毎日上を見て過ごしておりました。

そうしたある日、風が吹いて少し揺れてしまいました。

驚いて自分を見ると、何とずい分伸びているではありませんか。

それで揺れたのかと思いながら横を見ると、紫色で五枚の花びらを付けた可憐な姿の草花さんを見かけました。

こんなに可愛い方がすぐ傍にいらしたなんて、初めて見るその姿が気になって、横ばかり向いて過ごしていると、また風が吹いて来て、今度は大きく揺れてしまいました。

揺れた時、少し斜めに淡紅紫色で五枚の花びらがクルリと外向きに開いている草花さんを見かけました。声をかける間などなかったので、もう一度お会いしたいと、風が吹く度、意識的にその方のほうへ揺れてい

いてしまいました。そして、
たのです。

それ以来取れないでいます。

でもまだここまではそんなことも問題ではありませんでした。

暑い日は何となく収まり、空も高く澄んで来たように思える日、清々しく感じたわたしは久々に大きく息を吸いたくなり、力一杯吸い込もうとした時、空が、あの空が青く美しく果てしなく広がっていました。

それを見た時、「ハッ」となり、何とも言い知れぬ沈黙の気づきに、強く打ちのめされてしまいました。

悲しみと言うより、暗い暗い谷底に落ちて行くように、抵抗の余地などない呆然とした衝撃でした。

今やわたしの姿は見るのも恥ずかしいくらいに。蔓草ではないのに蔓草のようにくねくねと曲がり、茎は細く、風が吹いても抵抗できる強い芯もなく、行きたくないのにあちらこちらに飛ばされ、泥の重さでもう頭を持ち上げる気力もなく、頭の半分以上は無惨に茶色く枯れかけていました。

陽は短かく風も冷たい日、寒さに震えながらじっと耐えていると、またもや風に飛ばされてしまい、それも仕方がないとあきらめていると、いつかの黄色い沢山の花びらを付けた方がポツンと咲いていらしたので、あの時のことを詫びたいと話すと、「あ、だったら心配いりませんよ、あなたは私達の夢を飛ばしてくれたのですから、あの白い綿帽子は私達の夢なんです。ところであなたは何と言う草花さんですか」

わたしは何故か急いで「へらおおばこです」と答えると、「嘘でしょう？　私の知っている『へらおおばこ』さんは大空に向かって堂々とした方ですよ」

「そ、それがわたしです」と、思わず大声を出しそうになりました。

その時だったのでしょう。

わたしの生涯で一番誇るべき開花の時を迎えていたのです。

でもわたしは恥じらいの為とばかり思っていましたので、まさか

に花が咲いていたとは気付く筈もありませんでした。

今も我を忘れ、尚もこの高さは色んな方に出逢えるので嬉しさのあま

り有頂天で右へ左へと揺れ伸びています。

やがて息苦しいほど暑い日が続き、少し離れているのですが、丸い

きな葉を持った方がいらしたので、陰を求めて一生懸命、横に伸びて

きました。

やっと辿り着いて「あ、涼しい」と思ったとたん、空が真っ暗になり

大粒の雨がわたしの全身を強く打ち始めました。

頭だけは何とか雨の打つ痛みから逃れることが出来ましたが、

束の間、強風のせいであっけなく反対の方へ吹き飛ばされて、地

れ合って音が出る[illegible]

夏もまた春に負け[illegible]遅くまで、外にいる[illegible]

真夏の太陽の暑さに[illegible]泣いた。

その涙は露となって、昼[illegible]キラキラと輝き始めた。

それは何とも言えなく綺麗[illegible]を濡らしながら畦道を、感動で歩いた。

不思議にもこの時間は背伸びするような想いと、嘘の中にいるような気持ちであった。

この嘘の中とは実に面白い使い方であるけれど、本当とは思えない場面に会うと、よく使った言葉である。

少年野に遊ぶ

（この題材は伊達政宗の『馬上少年過ぐ』から振ったもの[illegible]

春夏秋冬の遊び

春になれば菜の花畑、れんげ畑、麦畑にとそれぞれの遊び方があり、[illegible]

麦畑だとすると、一列の畝の中に出来損いの黒い穂があって、それを「ギュッ」と音をたてて抜き取り、鼻と口の間に口を尖がらせて挟み、髭の真似をする。

また偶然に雲雀が降りる所を見れば、巣を探し出して雛を見ることもあった。

雲雀は何故高い所で始終鳴いているのか、その頃の観察では昼間、餌[illegible]

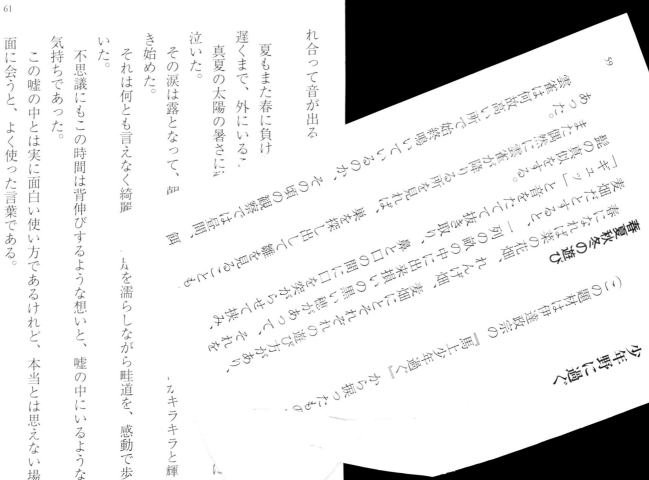

を与える一瞬しか雛の傍にいられないの
たりしているのだろうと。
その証拠にじっと耳を傾けて聴いているし
て、
眠たくなって来るからであった。
そして雛に餌を運ぶ時なのかどうかは分から
見計らって急降下する。そこだと思っても巣が
接降りず、違う場所から降りることを知った。
れんげ畑でも突然変異で出来た白いれんげを摘
やさねば見つけることが出来なかった。
もちろんその頃は突然変異だとは知らないから、
うに、大切な意味を持って探した。
それを探す途中には色んな種類の草花が咲
いるスズメノテッポウで笛を吹いたり、ナズナの種
を交互に、千切れないように下に垂らして、それ

それから池に向かった。前の日の夕方、仕掛けておいたつり糸に何の魚が掛かっているのか調べるのである。

別に魚がほしい訳ではなく、その日の自分への賭けであった。掛かっていれば満足で、後は放してやった。

そのあと、お宮さんに行き蝉の穴を見つけては幼虫を掘り出し、持って来た小箱にそれを入れた。

木の葉や枝や抜け殻も入ってはいたが、果ては色んな物で一杯になるのであった。

お宮さんはまた昼寝の場所でもあった。

大きな楠の木の根っ子は地面より高く飛び出して、幾つにも分かれていたので、その間に腰を下ろして背をもたれていると、あちこちの木の枝が重なり合っていて、風が吹くと揺れて、葉の隙間からこぼれ落ちる光を見ているうち、いつの間にか蝉の声も遠くなり、眠ってしまうのであった。

夕暮れに一番星を見つけて帰る頃、一日をふり返るように田んぼの方へ目をやると、大待宵草の影がポツンと畦に立っている姿を見て、何故かその姿に深く魅かれた。

秋になると夏に伸びきった蔓草が、至る所で無残に剥がれ朽ちようとしていた。

そんな中でも池の土手にあるススキは際立って見え、穂先を風に戦《そよ》がせていた。

遠くから眺めれば、いかにも秋らしい風情ではあるけれど、ちょっと悪戯に近寄ってみたいと気をそそられる風景でもあった。けれど近寄って手を入れるとチクッと指を切ってしまった。それ以来、眺めるだけであきらめた。

その代わり、キリン草やセイタカアワダチ草が遊びの犠牲となった。

茎の部分は固く、穂先の部分は細くしなやかなので、葉の部分をむしり取って、刀の代わりに振り回すと、ヒュンヒュンと高く澄んだ音がした。風を切る音は楽しかった。

夏の終わりで秋に入り始める頃、池の辺りには赤トンボの群れが飛び交っていた。

ある時、池の土手に座って水面から出ている棒に、トンボが止まっているのを何気にじっと見ていたら、急に自分のいる岸が動き出していた。驚いて視線を外すと、それは錯覚で、その錯覚で動き出すのが面白く、風があるときは立ち上がって腕を組んで、見続けるのである。すると髪がなびいて船にでも乗っているようであった。まるで戦いに行く海賊の気分であった。

これは瞬きをせず、一点を凝視し続けなければ動き出さないので、目が痛く涙が溢れることになる。

失敗に終わると急いで袖で涙を拭き、また見続けるのである。

この姿を知らない人が見ていたら、何で叱られたか分からないけど、可愛そうに。と、思われたかも知れない。

冬になると紫宛の花であろうか、それが棒のように立ち枯れしているのを、同じ棒で叩いて折り、持っている方が負けてしまうと、勝った方の棒でまた別のを叩いて折る。

中は空道になっていて、その囲りは白いスポンジ状のような物が付いて、それがカラカラに乾いているとポキポキと心地良い音が出るのだった。

それから砦の中でとりとめのない空想に浸るのだ。

秋に刈り取られた稲は穂先を脱穀し、脱穀された稲は束にして、畑の隅に積み重ねられてあった。それを二〜三本、うまく抜き取り、穴を開けて砦にしていた。

冬に咲く花は遊ぶ範囲にはほとんどなく、しかし春になればその無い所や、此処も彼処も咲くのであった。

この下には根が眠っていると、自然の法則のようなことを自分の感覚に頼って理解し、信じた。

不思議なことに出会っても、何故とは考えず、理論や過程を飛ばして、結果を受け止めた。その結果を勝手にイメージするのである。

想像の遊びをふくらませて楽しむ為だ。

その遊びに飽きてしまうと畦から出て、刈り取られた稲の跡を片足で飛びながら数を数えた。途中で数が分からなくなったり、飛んでる足が疲れて両足を着いてしまうと、また最初からやり直すのだった。

こんな単純な遊びによく飽きもせず、無中になれたのか不思議でならないが、春夏秋冬のこれ等の遊びはほんの一例であり、尽きることはなかった。

そうやって移りゆく大自然の姿を、とにかく心の限り楽しんだ。

これが少年期の野の思い出であり、この思い出は、人生の途中で何度も頬笑みをくれ、支えてくれたであろうか。

日暮れを迎えた今、記憶は曖昧に、過去は断片的になりつつも、どこかのページのどこかの部分が一片でも残っていたならば、それだけでも屹度《きっと》、頬笑みは忘れないであろうと思う。

思春期

儚なく壊れようとするものに　あこがれて
振り返れば　涙の跡ばかり
成るようになれ　心の漂泊

傷つき傷つけた　夢のかけら
拾い集めて　心のモザイク

ここから素直は　もう生まれないのだろうか

秋

ひと雨ごと深まる秋に
塞ぎがちな思い
じっとしていることに　耐えられず
何かを求めて　何かを掴みたくて
飢えた野良犬のように　さまよう
夜の澄んだ冷たい空気のなかに
母のようなやさしい香りに遭う
どこかの庭に咲いている木犀の
はかない匂いに縋って
子供のようにさびしい

存在とジレンマ

透明なガラスに　ひびを入れて
この世に存在させるように
平凡に生きたくはない

輝かせたい気持ちを知りながら
然りとて世に問う勇気もない

存在を燻しながら
ジレンマで費やす日々

このまま流されて
消えてしまいたくない
なんとまどろっこしい
血の流れでしょう

反抗

ゆめからさめた　かなしいしあわせ
ゆめからさめて　ずっとかなしい

なみだのあとが　ちぢんででこぼこ
なみだのあとは　なみだのはんこう

ちぢみこんだこころで　かんがえても
みんなちぢんだ　かなしいおもい

ひとをしんじることが　できなくなって

だれもしんじることなく　いきて
しんじて　もらえなくなった

あたえられなかったからと
あたえるあいを　しらずして
うばうあいに　つかれはて
こんなものかと　こどくにいる

廻り廻って

海もいいけど　陸もいい
生きてるほうがいいけど　死んでもいい
さあ　どうする
窮みの崖っぷちだ
吹く風に髪を弄らせて　佇めば
何のことはない
甘ったれた性格が　弱さを剥きだし
回れ右して　地面を踏み出す
今日を逃げれば　明日が重い
その重さを想って　顔をしかめる

しかしまた飄飄のよう
夢に向かう

無常

もう春だと　思っていたのに
まだ寒さが　消えません
冬の英雄が　その前まで
地上を支配していたように
忘れられることを恐れ
衰えながらも　残り風を吹かせる

けれど季節は移りゆく
人の心も移りゆく
哀れさを嘆いても　それとて

つかの間の悲しみに　すぎない

紫陽花

六月の雨の中に　咲いていた
水色の小さな花びらが集まって
一つの物語を作っている

六月の雨の中に　咲いていた
しとしとと降る雨は
小さな子供が母さんの耳もとで
内緒話をしているよう
六月の雨の中に咲く　紫陽花は
喜んでいるふうにも

また　さみしくも　あるふうに

著者プロフィール

細谷 美知湖（ほそや みちこ）

福岡県出身。
東京都在住。

ゆらゆらゆれて　きらきらひかる

2022年4月15日　初版第1刷発行

著　者　細谷 美知湖
発行者　瓜谷 綱延
発行所　株式会社文芸社
〒160-0022　東京都新宿区新宿1－10－1
電話　03-5369-3060（代表）
03-5369-2299（販売）

印　刷　株式会社文芸社
製本所　株式会社MOTOMURA

ISBN978-4-286-23623-0